Pour tous les enfants (et adultes)
qui prennent soin des âmes perdues

Révision : Sylvie Castagné
Illustration couverture : M. Arvine

Édition : BoD - Books on Demand,
12/14 rond point des Champs-Élysées, 75008 Paris
Impression : BoD - Books on Demand,
Norderstedt, Allemagne

ISBN: 978-3-7504-0690-2

Dépôt légal : novembre 2019

Michael Arvine

Le grand voyage

ou

Comment une bouteille en plastique
transforma la vie d'un homme

un conte de notre temps

1

Ceci est l'histoire de Karl Kačnic ; elle raconte comment il est devenu Kasimir Phantasio Osiris. Ses ancêtres étaient kurdes et mongoles, égyptiens et grecs, lapons et descendants des Vikings. C'était un tel métissage que Karl lui-même n'arrivait pas à savoir ce qu'il était pour de bon. Jusqu'au jour où une rencontre avec une bouteille en plastique mit fin à tous ses questionnements.

L'aventure du changement d'identité de Karl débuta un beau jour de printemps au bord du Rhône, à Genève, en Suisse. Karl était assis dans l'herbe, non loin de la jonction de l'eau trouble venant des montagnes, apportée par la rivière Arve, et de l'eau claire et pure, nettoyée par un voyage de 30 ans à travers le lac Léman, apportée par le Rhône. Karl adorait contempler ce spectacle des deux eaux qui s'entremêlent au bout du sentier des Saules. Un chemin qui, selon Karl, devrait s'appeler way of souls, chemin des âmes, car c'est par cette jonction des eaux troubles et des eaux claires que sont emportées les âmes rendues, transportées à travers la France jusqu'à la mer Méditerranée, puis à l'océan, la mère de toutes les mers et de toute vie sur terre.

C'était par un beau jour du mois de mai, tandis que Karl contemplait le spectacle de la préparation des âmes à leur dernier grand voyage, qu'il vit une bouteille en plastique flotter sur cette même eau et passer, comme si de rien n'était, sous son nez.

Pris d'une impulsion sans queue ni tête, il ôta ses vêtements, sauta dans le Rhône et crawla vigoureusement jusqu'au milieu du fleuve, à l'endroit où, enfin, il put attraper cette pauvre bouteille en PET et la sauver de son destin.

C'était un jour où les vannes du barrage étaient grandes ouvertes, et l'eau coulait à flot. Karl eut de la peine à retourner vers la rive et il sentit son corps happé par le courant qui le tirait vers le fond. Mais la dernière heure de Karl n'avait pas encore sonné. La bouteille sous le bras gauche, il repartit en crawl en se servant uniquement de son bras droit. Une fois de retour sur la terre ferme, Karl regarda cette bouteille dans sa main.

Que devait-il en faire ?

La jeter à la poubelle au bord du chemin, ce grand bouffe-tout rempli de la face sombre et sale de notre vie civilisée ? L'apporter à la station de tri ?

C'était une bouteille de 50 centilitres, sans étiquette ni logo. La tenant devant ses yeux, Karl la tourna dans tous les sens. Totalement nue, comme ça, elle avait l'air d'une méduse morte, inoffensive. Il regarda à travers le matériau transparent et parfaitement rond, et il observa la transformation de son environnement sous l'effet optique des deux parois.

Pour une fraction de seconde, Karl sursauta, et il détourna la tête. Que s'était-il passé ? Qu'est-ce qu'il avait vu ?

Il osa un deuxième regard à travers cet objet étrange et fut frappé une deuxième fois. Les arbres, le fleuve, les promeneurs sur le sentier des Saules, les maisons sur les hauteurs, le viaduc de la Jonction, tout bougeait comme bâti sur du sable mouvant, et les déformations suivaient les mouvements de sa main. Une étrange sensation prenait possession de Karl : le monde autour de lui se transformait en une autre réalité, en un monde parallèle, comme si l'être caché derrière cet habit cristallin lui avait parlé, lui avait montré sa vision du monde. Cette bouteille n'était donc pas un déchet à jeter à la poubelle ? N'était-elle pas plutôt une âme perdue qui s'était égarée dans les eaux du Rhône, emportée par malchance pour rejoindre la mère de toutes les origines ?

« Mais une âme perdue, se dit Karl, n'est pas une âme rendue ! L'âme perdue n'est pas encore prête pour ce dernier grand voyage, elle n'a pas accompli son devoir de vie, le cycle de sens de son être n'est pas encore bouclé. »

Frappé par l'évidence de cette découverte, Karl se leva, s'habilla et s'en alla, la bouteille sous le bras.

2

Karl habitait seul dans un petit deux-pièces rénové par ses soins. Depuis son divorce et l'exode de ses trois enfants vers leur propre vie, Karl avait réduit son existence à un minimum vital. À l'Université, il était responsable d'une grande base de données utilisée pour des projets de recherche dans le domaine médical. Il avait pu réduire ses heures de travail à un revenu qui lui permettait de subvenir à ses besoins personnels et de couvrir ses frais fixes. Il estimait qu'il avait tout eu dans sa vie : femme, enfants, famille, voiture, vacances aux quatre coins du monde. Aujourd'hui, il lui suffisait, après le travail, d'être assis dans l'herbe au bord du Rhône et de contempler l'eau couler jusqu'au coucher du soleil, et puis de rentrer chez lui.

Il posa la bouteille en PET sur la table de la cuisine, qui faisait également office de table de salon et de bureau. Il se servit un verre de chasselas, un vin blanc bon marché mais de la région, qu'il buvait chaque soir en mangeant un morceau de fromage d'alpage avec un peu de pain. Son repas préféré.

Il rinça la bouteille avec de l'eau et du savon, puis la reposa sur la table. Tout en mangeant, il l'observa. À quoi avait-elle pu servir ? Qu'avait-elle contenu ? Qui avait bu à cette bouteille ? Et comment était-elle arrivée dans la rivière ? Quelqu'un l'y avait jetée ? Le vent l'avait apportée ? Était-elle tombée du pont ? Tant d'histoires plausibles amenaient à cette bouteille vide sur sa table. Mais la vraie histoire, celle qui s'était vraiment déroulée dans le passé, restera son secret à elle pour toujours.

La seule histoire que Karl put tenir pour de bon, c'était celle de son destin futur. Alors il prit son couteau, le nettoya avec un bout de pain, et coupa – soigneusement – le goulot de la bouteille.

Dans un placard, il avait encore un sac de terreau spécial plantations de balcon – ce qui restait des pots de basilic et de thym qu'il avait plantés au printemps au bord de la fenêtre de la cuisine. Il remplit le corps de la bouteille avec cette terre et y planta trois graines de tournesol. Son projet ne supportait pas d'attendre. Quelques jours plus tard, de toutes petites feuilles vertes avaient déplacé la terre, à la recherche de la lumière.

Alors Karl retourna au bord du Rhône et observa attentivement le courant. À chaque fois qu'une bouteille en plastique lui passait sous le nez, il piquait une tête, partait en crawl et sauvait une nouvelle âme perdue de son destin, soit de son dernier voyage.

Toutes les bouteilles finirent remplies de terre, posées à la queue leu leu sur la table, puis par terre dans sa cuisine-salon-bureau, pour finalement former ensemble un véritable verger. Des tiges, des feuilles et des fleurs poussèrent, et puis des fruits mûrirent dans son jardin : petites tomates, cornichons, piments rouges, basilic, persil, menthe, thym citronné, romarin et même une jeune vigne, qui avait commencé à grimper le long d'un pied de sa table de cuisine-salon-bureau. Entre-temps, Karl avait affiné sa technique de jardinage : il perçait le fond des bouteilles, qu'il posait ensuite sur des assiettes en plastique – objets également ment trouvés au bord du sentier des Saules.

Tous les jours, après le travail, Karl partait dorénavant en direction du bord du Rhône, à la recherche de nouvelles âmes perdues. Et il en trouvait toujours. Il avait commencé à s'équiper pour pouvoir ramener toutes les trouvailles d'une journée : un sac à dos d'abord, des sacoches de trekking pour son vélo par la suite, et puis même une petite remorque qui lui permettait d'emporter des objets plus grands et plus lourds.

3

Karl commença à remplacer les objets usuels de son petit deux-pièces par des âmes perdues sauvées du Rhône : vases, bols, seaux, boîtes de rangement, tous fières de pouvoir terminer leur cycle de vie chez lui. Seule la fonction des couverts en plastique était détournée. Karl avait ses exigences. Les fourchettes et les couteaux en plastique lui servaient de tuteurs pour les petites tomates, ou encore de marque-pages pour ses lectures. Un jour, il sortit une longue ficelle en plastique de l'eau, un objet filandreux et amochi par toutes les tâches qu'il avait dues remplir. Comme un très long serpent fatigué, la ficelle était couchée là, avachie sur sa table de cuisine-salon-bureau. Alors Karl saisit la ficelle par une extrémité, l'étendit devant lui, alla chercher deux bouteilles aplaties et enroula la ficelle autour. Il répéta cette opération plusieurs fois, puis créa un petit plateau avec une vingtaine de bouteilles. Avec le reste de la ficelle, il fabriqua quatre poteaux bien solides, puis y fixa le plateau. Une fois cette construction terminée, il s'assit sur son nouveau tabouret et se servit un verre de blanc – ceci, bien sûr, non pas dans un verre un plastique, mais dans un verre en verre. « Un peu de style, s'il vous plaît ! », se dit-il, et il lança un joyeux « santé ! » à ses plantes, à ses bols, à ses vases, à ses boîtes de rangement et à sa nouvelle création, le tabouret fait entièrement en âmes perdues.

Contrairement à ce qu'on pourrait croire sur la base de ce qui vient d'être raconté, Karl avait beaucoup d'amis. C'est pour cette raison qu'il partit tout de suite à la recherche d'autres ficelles pour pouvoir construire d'autres tabourets.

Quelques jours plus tard, il invita cinq amis à l'apéro, les fit s'asseoir sur des tabourets tout fraîchement ficelés et leur servit du blanc et des olives dans de vrais verres et de vraies assiettes, sur sa table en PET compressé qui, entre-temps, avait remplacé sa table de cuisine-salon-bureau.

« Surprenant », s'étonnaient certains de ses amis. « Impressionnant! », « Remarquable! », ajoutaient d'autres avec de longues et fortes promesses de faire la même chose : « C'est fou ce que c'est simple, fallait juste y penser ! »

Mais bien sûr qu'aucun d'entre eux ne prit le temps d'aller « faire les poubelles », comme ils avaient baptisé, en rigolant, l'activité de Karl.

« Pas grave, dit Karl, gardez vos do-its préfabriqués, prémâchés, précomptés, prémontés, je m'occupe des vrais faits-maison. »

C'est ainsi que Karl eut sa première commande. François, son ami d'enfance, lui commanda une commode avec tiroirs et table à langer, car après avoir divorcé, il s'était mis en couple avec une femme très belle et tout aussi jeune, et le miracle de la vie ne se fit pas attendre. Le petit Alain venait juste d'obtenir son âme toute fraîche et pure quand Karl livra à la jeune famille sa première commode construite entièrement en âmes perdues.

Trois mois plus tard, Karl avait fabriqué et livré une dizaine de tables, trois commodes, une série de chaises et sa dernière nouveauté : un canapé. Son petit appartement, entre-temps meublé entièrement en plastique de récupération, se transformait en atelier de construction sur commande.

4

La nouvelle vie de Karl prit fin subitement, alors qu'il était en pleine exploration de constructions avec des âmes perdues venues de toutes parts.

Un jour d'hiver, le 12 février précisément, il réceptionna une lettre contre signature.

Le facteur avait sonné à la porte alors que Karl était en train d'arroser ses plantes.

« Voici une lettre pour vous, une signature ici s'il vous plaît », dit le facteur, et il lui tendit un appareil avec un petit écran et un stylet.

L'enveloppe blanche, sans logo, sans pub, sans expéditeur, ne faisait pas imaginer le meilleur.

« Est-ce que je dois accepter ça ?, dit Karl à moitié en rigolant.

– Vous n'êtes absolument pas obligé, Monsieur, répondit le facteur, vous avez tout à fait le droit de ne pas signer, et la lettre sera retournée à son expéditeur, même si son nom ne figure pas sur l'enveloppe. Il arrive que des personnes refusent du courrier. Mais croyez-moi Monsieur, ça ne sert à rien. Les courriers trouvent toujours les destinataires, même ceux qui les refusent. Le secret, si vous voulez mon avis, c'est qu'il faut dire « oui » dans la vie. Mais ça ne regarde que moi. Alors faites-en ce que vous voulez de cette lettre. Vous signez ou vous ne signez pas ? ». Et il tendit de nouveau l'appareil et le stylet.

Karl fut surpris, regarda le facteur dans les yeux, regarda le stylet et la lettre, regarda de nouveau le facteur dans les yeux. Il n'y vit que l'indifférence la plus totale.

« Vous ne m'aidez pas, dit Karl, mais je vais dire oui alors. » Karl signa.

« Merci, voilà une nouvelle chose de faite ! Bonne journée. Quant au reste, c'est l'affaire du destin. », dit le facteur. Et il se volatilisa.

Une fois la porte fermée, Karl déchira le bord de l'enveloppe avec une aile d'avion miniature en plastique qui lui servait de coupe-papier. Le résultat fut glaçant : le propriétaire de l'immeuble, en se basant sur le code des obligations, mettait fin au bail de location de son appartement pour utilisation illicite du logement à des fins commerciales, et ceci dans un délai de 30 jours, qu'il avançait au 15 mars.

Karl se servit un grand verre de chasselas genevois et s'assit dans son fauteuil en plastique compressé et ficelé, recouvert d'une large couverture en lin. L'accoudoir droit avait besoin d'un petit renfort, et le dossier aurait dû être inclinable. Mais Karl avait déjà une petite idée sur la façon de le réaliser.

Par contre, il n'avait aucune idée sur celle de trouver un autre logement dans un si bref délai. La ville qu'il habitait était très prisée par les multinationales à la recherche, d'une part, d'évadés fiscaux et, d'autre part, d'une sécurité maximale pour leurs managers, chers payés, dans un environnement loin de toute violence, une violence engendrée par leurs activités mêmes.

La deuxième question était : comment le propriétaire avait-il pu prendre connaissance de sa nouvelle activité de designer de meubles en plastique de récupération ? Pour avoir la réponse à cette question, Karl n'avait qu'une seule solution.

L'après-midi du 12 février, un jour pluvieux, froid et inintéressant, Karl sonna à la porte de la grande villa entourée d'un parc, à Vernier. La chance lui sourit et le propriétaire lui-même ouvrit la porte.

Avant même que Karl eut la possibilité de dire un mot de plus que « Bonjour », il vit derrière le corps impressionnant du propriétaire un fauteuil dans l'entrée. Un meuble fait entièrement en bouteilles de PET d'une limonade de marque, une œuvre qu'il avait réalisée de ses propres mains. Il la reconnut immédiatement, car le dossier lui avait posé plusieurs problèmes, ainsi que le souhait du client de mettre en évidence la marque de sa limonade préférée.

« Oui ? De quoi s'agit-il ?, dit le propriétaire.

– Rien, répondit Karl, rien du tout. Désolé, je me suis trompé d'adresse. »

Il tourna les talons et rebroussa chemin.

5

Sachant qu'il ne trouverait jamais un autre appartement dans un si court délai, Karl eut vite remplacé le mot « trouver » par le mot « construire ».

Car dans sa cave, il avait gardé précieusement, et ceci durant des années, un grand tricycle électrique. Il s'agissait d'un vélo pour adulte qui avait longtemps servi à l'un de ses amis pour transporter ses enfants à la crèche et les ramener à la maison. Karl avait récupéré ce tricycle sans idée précise, mais il sentait au fond de lui que ce véhicule pourrait lui rendre service un jour – et ce jour était arrivé !

Un mois plus tard, sa nouvelle œuvre n'avait plus besoin que de quelques finitions. Sur le tricycle électrique, Karl avait construit une caravane, bien sûr faite entièrement en plastique de récupération. Pour cela, les âmes perdues du Rhône n'avaient plus suffi. Karl avait dû trouver d'autres endroits pour récupérer tout ce qu'il pouvait afin de réaliser son plan sophistiqué. Et il ne se limitait plus au plastique : cannettes en aluminium, boîtes de conserves, objets en métal, tissus ou toute autre trace humaine abandonnée dans la nature lui servait dorénavant comme matériel de base pour ses constructions. Et le résultat avait de la gueule : une caravane à deux étages avec un salon-cuisine en bas et une chambre à coucher en haut. Les murs, les fenêtres et le toit étaient construits en PET récupéré. Le toit était couvert de panneaux solaires qui entraînaient le moteur et lui fournissaient assez d'énergie pour s'éclairer le soir, et même pour utiliser une petite perceuse de temps en temps. Pour la cuisine, il put réparer une cuisinière à gaz qui avait traîné dans la rue. Les deux sièges d'enfant dans la remorque du tricycle étaient devenus les deux piliers porteurs de sa nouvelle maison – et de sa nouvelle vie.

Le 14 mars, Karl ramassa les quelques petits restes de son existence : habits, carnets de notes, un ciré de marin, des chaussures de montagne, un chapeau. Le tout avait pu être réuni dans deux grands sacs. Il en prit un dans chaque main, et c'est comme ça qu'il quitta son deux-pièces, laissant derrière lui tout une collection de meubles de sa fabrication. Sur la table de cuisine-salon-bureau, il laissa un petit mot à l'attention du propriétaire :

« Je vous laisse mes œuvres pour votre collection,
Meilleures salutations,
*   Karl*
Artisan du plastique, PET designer, waste architect,
Lebenskünstler »

Il ouvrit la porte de sa nouvelle maison, ôta ses chaussures, rangea ses affaires dans la petite armoire prévue à cet effet, se mit sur la selle principale du tricycle et commença à pédaler.

6

Quelques personnes s'arrêtèrent sur le chemin et tournèrent la tête pour observer le passage de ce véhicule improbable, ressemblant à une caravane, qui s'avérait être un assemblage de déchets conduit par un monsieur d'un certain âge et avançant comme un escargot. Des automobilistes klaxonnèrent, quelques piétons donnèrent un coup de main en poussant la caravane. Karl dut s'arrêter plusieurs fois pour ramasser des bouts et des bouteilles tombés de sa nouvelle maison. La construction était visiblement loin de la perfection. Les vibrations et les chocs de la route étaient des paramètres que Karl n'avait pas pris en compte. Tout en roulant, il dut donner des coups de vis et serrer des ficelles comme un capitaine hisse ses voiles en pleine navigation en haute mer.

Il était quatre heures et demie, et la masse des employés de bureau se précipitait, chacun tentant de sauver son identité personnelle. Dans ce flot de gens pressés la caravane de Karl représentait un obstacle monumental. Les klaxonnements s'amplifièrent jusqu'à former un véritable concert d'agacement, d'obstination et de consternation.

Trois heures plus tard, Karl avait réussi, avec sa caravane intacte, à atteindre le bord du lac. Juste en face du Palais Wilson, le siège du Haut-Commissariat des Nations Unies aux droits de l'homme, il y avait une large bande de gazon. Un lieu parfait, sembla-t-il à Karl, pour y poser sa nouvelle maison et y séjourner. Il s'arrêta et s'installa entre la route et les bacs de fleurs d'un côté, et la promenade et le lac de l'autre.

Karl sortit le petit escalier de la porte principale et le déplia pour atteindre le gazon. Puis il descendit les marches l'une après l'autre et posa le pied (le gauche en premier) à terre. Un petit pas pour son pied, un très grand pas pour Karl !

À peine dix minutes plus tard, une patrouille de la police municipale prit le virage de la rue Jean-Antoine Gautier pour rejoindre le quai Wilson. Avec des hurlements de sirène, la voiture blanche s'arrêta à moitié sur le trottoir, à moitié sur la piste cyclable. Trois agents en uniforme sortirent du véhicule illuminé : l'un barbu comme une chèvre, l'autre chauve comme une souris, et le troisième rond comme une pastèque.

La sentence était accablante et sans répit : une amende de 150 francs pour stationnement non autorisé d'un véhicule sur la voie publique, obligation de quitter les lieux immédiatement et ordre de parquer le véhicule conformément au règlement de la circulation et du stationnement sur une place officiellement prévue à cet usage.

Les trois agents, bras croisés, restèrent sur place jusqu'à ce que Karl ait remonté le petit escalier de sa navette et repris place sur la selle du tricycle. Alors qu'il pédalait vigoureusement pour remettre sa caravane sur la route. Les trois agents, secoués par des fous rires, le menacèrent de lui infliger une deuxième amende pour entrave à la circulation.

Escorté par la voiture de police, Karl roula jusqu'à une place de parking libre.

« Vous avez de la chance, lui dit le chauve, il est presque 18 heures. Il vous reste une heure à payer, ensuite vous êtes tranquille jusqu'à 7 heures du matin. Là vous pouvez payer encore pour 90 minutes, mais après, vous êtes obligé de déplacer votre véhicule. C'est le règlement.

– Et croyez-nous, rajouta le rond, nous ne manquerons pas de vous rendre visite !

– Vous pouvez trouver des places non payantes en dehors de la ville, compléta le barbu.

– D'accord, d'accord », dit Karl, sachant qu'il était sans espoir de discuter avec des agents de polices suisses. Mais avant de quitter la ville, il eut une idée.

7

Le bureau des autorisations pour exercice d'une activité marchande se trouvait au cinquième étage de l'immeuble de l'administration municipale, troisième porte à gauche, accueil sur rendez-vous uniquement.

« Il s'agit d'une urgence de la plus haute importance ! Je n'ai que 90 minutes avant de devoir déplacer ma maison, c'est votre règlement ! », insista Karl jusqu'à ce qu'on lui octroie un rendez-vous. Le résultat administratif de la discussion, très animée, était du plus surprenant pour les deux parties :

La municipalité, de par son statut et le droit de la force, accorde à Karl Kačnic, au titre de ce papier, le droit exceptionnel et exclusif de stationner une caravane, construite entièrement en plastique et matériaux récupérés, sur la voie publique, près du lac, et plus précisément, sur la bande verte entre le lac et le quai Wilson. Cela aux conditions suivantes :
- La caravane doit être d'utilité publique, c'est-à-dire : elle doit être un lieu d'accueil et d'information pour sensibiliser le public au développement durable et à la santé de notre planète ;
- le propriétaire de la caravane doit s'engager lui-même à 100 % dans l'entretien et l'animation du lieu d'accueil, et ceci en tant qu'indépendant. Il n'aura ni le droit d'engager une tierce personne ni d'occuper lui-même un autre engagement ailleurs.
- Note : la vente d'alcool y est, pour des raisons évidentes, non autorisée.
Daté, signé, tamponné.

Traduction : Karl avait le droit de placer sa caravane à l'endroit où il l'avait mise au départ, à condition qu'il transforme sa maison en tea room sans alcool et qu'il démissionne de son poste à l'Université.
C'est ce qu'il fit.

Et voilà comment Karl adopta, pour la première fois, un nouveau prénom : en ouvrant la « Buvette Kasimir » au bord du lac Léman. Kasimir était le nom de fantaisie de Karl. Enfant déjà, il s'était projeté dans le rôle de cet explorateur de l'inconnu, ce constructeur de nuages, ce mécanicien de l'impensable, ce guerrier qui parcourait un monde parallèle. Les circonstances actuelles lui semblaient le moment propice pour donner vie à Kasimir.
La vie de l'informaticien, du père de famille, de l'homme divorcé Karl Kačnic prenait fin. Kasimir fêta sa « renaissance » en présence de ses trois enfants et de quelques amis, sur la terrasse de la toute nouvelle buvette de la ville, en mangeant des gâteaux et en sirotant des limonades préparées par ses soins.

8

La première nuit après l'ouverture de la buvette fut la meilleure et la pire à la fois. Tout heureux de sa nouvelle activité, Kasimir avait invité ses trois enfants et ses amis pour inaugurer le château de sa nouvelle vie au bord du lac. Ce fut une fête rigolote avec guirlandes et feu d'artifice. Pour les enfants il avait construit un éléphant, une locomotive et une courge à grimper dedans, le tout fait entièrement en âmes perdues bien sûr.

« Papa !, dit son fils, on ne te reconnaît plus !

– T'as rajeuni de 20 ans !, ajouta sa fille cadette.

– Où est-ce que tu as caché ta vaisselle ? », demanda l'aînée, et elle se mit toute seule à la recherche de verres et d'assiettes à l'intérieur de la caravane.

Les amis de Kasimir lui avaient préparé une surprise et avaient apporté une très grande quantité de boissons en bouteille de PET, dans l'idée de lui fournir de la récup' pour ses constructions. Au cours de la fête, ils créèrent une petite montagne de bouteilles à côté de la caravane. Quand Kasimir, heureux du franc succès de sa fête, tomba raide mort de fatigue dans son lit au premier étage de sa caravane, des promeneurs nocturnes profitèrent de cette montagne de bouteilles en PET pour y jeter les restes de leurs beuveries : canettes de bière et de sodas, bouteilles de whisky et de vodka, d'autres bouteilles en PET, des gobelets et des sacs en plastique, des boîtes de hamburger et des serviettes sales. Tous les déchets de la vie nocturne du bord du lac s'accumulèrent autour de la caravane de Kasimir, si bien qu'au lever du soleil, on ne distinguait plus guère les chaises et les trois tables. Les objets encore utilisables furent vite repris par d'autres promeneurs, et seuls les piquets de parasol sortaient de cette montagne d'ordures.

Les premiers promeneurs de chien laissèrent libre cours à leur dégoût, quelques joggeurs tournèrent autour du tas pour vérifier leurs premières impressions, des cyclistes s'arrêtèrent pour y déposer un sac d'ordures, un vieux tapis ravagé par les mites ou encore pour reprendre un meuble.

En quelques heures, la buvette de Kasimir devint la déchetterie du bord du lac, où on pouvait trouver de vieilles chaises et tables, deux lits entiers, plusieurs matelas tachés, une armoire à cinq tiroirs, un frigo avec congélateur, une machine à laver le linge, trois machines à écrire mécaniques, cinq cartons de bananes remplis de livres en plusieurs langues, deux ordinateurs...

D'accord, Kasimir, en ce matin de sa deuxième journée d'existence en tant que cafetier, ne s'était pas réveillé à temps. Il était effectivement déjà beaucoup trop tard quand, enfin, il descendit du premier étage de sa caravane et vit par la fenêtre de son salon-cuisine-bureau-atelier la catastrophe qui avait envahi les alentours de sa maison, comme au bon vieux temps la neige avait couvert le monde d'un voile de velours blanc durant la nuit de Noël.

La visite de la police ne se fit pas attendre.

Le barbu, le chauve et le rond l'attendaient dehors, devant le tas de déchets.

« Que dites-vous de ça ?, demanda le chauve. Infraction à la loi sur l'ordre publique ! Le règlement est très clair là-dessus, et les sanctions sont strictes : avez-vous pris rendez-vous avec la voirie pour débarrasser tout ça ? Avez-vous une autorisation pour la place occupée en dehors de la zone délimitée ? Il y a un éléphant, une locomotive et une courge qui traînent dans l'herbe !

– J'espère que vous avez une solution pour débarrasser tout ça avant midi, insista le rond, sinon on sera dans l'obligation de faire nous-mêmes appel à un service de débarras, qui vous sera facturé par la suite, bien sûr. »

Il fallut à Kasimir une heure pour débarrasser les objets qui le bloquaient, soit uniquement pour libérer un passage de la roue avant, et encore une demi-heure pour les deux roues arrière. Ensuite, il prit un papier quelconque et un stylo qu'il trouva dans le tas d'ordures et écrivit ceci :

Envoyez-moi la facture.
Kasimir

Il enfonça une vieille antenne de radio dans le papier, qu'il planta comme un drapeau sur le tas de déchets.

C'est ainsi que Kasimir quitta les lieux, la ville et la Suisse.

9

La première ville que Kasimir atteignit en fanfare était Lyon. Il avait tout simplement suivi la route départementale la plus près du Rhône. Il arriva ainsi de village en village, stationna sur les parkings municipaux, avant de reprendre la route le jour suivant à l'aube.

À chaque endroit où il apercevait une bouteille ou un autre objet jeté par des humains, il s'arrêtait et le ramassait. Les bords des routes françaises étaient tapissés de cannettes de bière et de limonades écrasées, à tel point que Kasimir dut construire une petite remorque pour pouvoir tout emporter.

Le catalogue de l'atelier Récup' Kasimir s'agrandissait petit à petit de jouets, d'animaux, de fleurs et de plantes décoratives, d'outils pour la maison et pour le jardin, même d'habits qu'il avait essayé de créer, mais sans succès.

À Lyon, il s'installa sur la place Bellecour et devint l'attraction de la journée. Une foule de personnes se mit à admirer les objets que Kasimir avait construits durant son voyage de Genève à Lyon.

L'attente ne fut pas longue jusqu'à ce que le premier curieux ne se renseigne sur le prix d'un petit tricycle que Kasimir avait soigneusement restauré.

« C'est pour mon fils !, dit le client.

– J'ai également un fils. Donnez ce que vous jugez juste comme prix », répondit Kasimir.

Par la suite, il vendit ses fabrications avec un tel succès que les clients surenchérirent. À la fin de la journée, il ne lui restait plus aucun objet, à part quelques bouteilles aplaties qu'il n'avait pas utilisées.

Et c'est à ce moment-là qu'un gendarme en uniforme se planta devant sa maison.

« Cher Monsieur, dit-il, vu la foule que vous avez attirée cet après-midi – je vous ai observé, vous avez donné un beau spectacle aux habitants de notre ville – je dois vous prier d'enlever votre véhicule de cette place publique, de quitter les lieux et de trouver un stationnement conforme au règlement de la circulation et du stationnement. »

Kasimir n'eut même pas le temps de répondre à ce gentil gendarme qu'un monsieur en costume-cravate intervint :

« Cher Monsieur, je vous ai vu vendre tous vos objets magnifiquement fabriqués de vos mains ! Maintenant, il ne vous reste plus que cette caravane. Mais je suis sûr que vous sauriez reconstruire tout cela en un rien de temps, en tout cas beaucoup mieux que moi ! C'est pourquoi je vous propose de vous racheter votre maison, car j'en ai besoin. Par contre, je n'ai pas d'argent. La seule chose que je possède et que je peux vous offrir en échange c'est un vieux manège. Il est stationné à Cavalaire, un petit village du Sud, dans le Var. Ce carrousel a besoin de réparation, mais le permis de stationnement sur la promenade de la Mer est encore valide. Je suis sûr que vous en ferez quelque chose de formidable !

– Laissez-moi une nuit et un jour, répondit Kasimir du tac au tac, et la caravane sera à vous, avec tout ce qu'elle contient. »

10

Il n'était pas difficile de deviner ce que Kasimir entreprit avec le vieux manège dans le Var. Il le trouva entreposé dans le chantier naval de Cavalaire, coincé entre deux épaves maritimes, couvert de vieilles bâches qui se déchirèrent lorsqu'il les enleva. En quelques pas, Kasimir fit le tour de l'engin, prit ses mesures et dressa un constat général catastrophique.

« Il est à vous ?, questionna une voix derrière lui et, en se retournant, il aperçut un grand homme barbu en tenue de mécanicien.

– Oui monsieur, depuis aujourd'hui !

– Débarrassez-moi de ce cadavre ! Ça fait des lustres que cet intrus traîne par ici. Il n'a rien à y faire !

– Ne vous en faites pas, je vous en débarrasse. Laissez-moi quelques jours », dit Kasimir au patron du chantier naval pour le rassurer.

Et profitant de la situation, il lui demanda : « Vous n'auriez pas un vélo à me prêter par hasard ?

– Un vélo ? J'en ai même trois à donner, tous aussi vieux que ce manège. Allez, libérez-moi de tout ce bazar ! »

Le jour même, Kasimir sillonna la région avec un vieux vélo Peugeot, un vélo de course qui, selon le patron du chantier, avait participé au Tour de France dans les années 50 – et l'avait même gagné ! Mais personne ne crut son histoire, alors le vélo avait été laissé à l'abandon. Kasimir lui donna une nouvelle jeunesse et lui accrocha une remorque pour pouvoir ramasser toutes les canettes de bières, les bouteilles en PET, les ficelles ou tout autre matériau traînant dans la nature. Avec tout ce qu'il trouva au bord de la route, dans les forêts et sur les plages, il put rénover une à une les montures du manège : un cheval blanc tirant un char cabriolet, un lion avec une mâchoire en forme de siège, une courge transformée en carrosse, un éléphant portant un canapé de chaque côté de son dos, un cygne formant un fauteuil de ses ailes, trois licornes en course parallèle équipées d'une selle, un singe jonglant avec une chaise du bout du doigt, un rhinocéros au ventre creux – on pouvait mettre la main dans sa gorge et la faire ressortir par la bouche – et un chat marron à longs poils doux en forme de coussin.

« Donnez-moi un petit coup de main et vous serez libéré de cet intrus pour toujours ! », dit Kasimir au patron du chantier naval. Alors le tracteur du chantier, habitué à sortir de l'eau des bateaux de plusieurs tonnes, tira le manège hors de son emplacement entre les épaves, jusqu'à la rue, puis à travers le port, jusqu'à la promenade de la Mer, l'emplacement autorisé par arrêté municipal, écrit sur un papier tamponné, signé et daté de 1961, valide pour toujours.

Kasimir avait profité des deux autres vélos destinés à la fourrière pour se construire une minuscule caravane sur quatre roues, à un seul étage cette fois, juste pour dormir, dotée d'un siège au milieu pour le conducteur et de pédales, raccordées par une transmission commune aux deux vélos porteurs. Il voulut rester flexible, on n'est jamais à l'abri des gendarmes !

11

Voici comment Kasimir changea de prénom pour la deuxième fois : en nettoyant les planchers et le cadre du manège, une banderole apparut en contrebas du toit avec un écriteau doré sur fond bleu, en belles lettres italiques peintes à la main :

Le Carrousel de Phantasio

Les après-midis du mois d'août, Kasimir partait sur la plage en annonçant la nouvelle attraction à Cavalaire-sur-mer : Venez Mesdames et Messieurs, Phantasio invite vos demoiselles et jeunes hommes à se laisser embarquer pour un tour d'imagination et de rêves. Montez sur ses animaux fantastiques, testez leur force imaginaire, laissez-vous emporter dans les aventures les plus colorées et les plus contrastées qui soient, venez Mesdames et Messieurs, visitez le Carrousel de Phantasio, une attraction restaurée entièrement avec des matériaux récupérés ! Prenez place et laissez-vous emporter dans le monde de la deuxième vie de ces âmes perdues ! Rien n'est impossible ! Tout peut être vécu en rêve !

Il distribua des petits flyers avec un dessin de son manège réalisé par ses soins, ainsi qu'un bon pour un premier tour gratuit. Comme adresse, il avait inscrit : Kasimir Phantasio & son carrousel, promenade de la Mer, Cavalaire.

Le soir, les enfants affluèrent, et le carrousel commença à tourner et à exhiber ses montures restaurées : le lion, dont la crinière avait été refaite avec des cordes de filets de pêche ; le rhinocéros, dont la peau avait été reconstituée avec des casseroles aplaties ; le cheval blanc, qui avait reçu de nouvelles pattes en seaux d'eau et des oreilles en cuillères ; et un char flambant neuf fabriqué avec un fût de chêne. La courge, quant à elle, avait été reconstruite entièrement en cannettes de limonade, avec un rideau fait d'un drap en soie. Le singe et l'éléphant avaient reçu de nouvelles constructions à porter : sur le dos de l'éléphant se dressait maintenant un petit gratte-ciel de trois étages construit en vieille ferraille, et sur l'index du singe se balançait le trône du roi Plasticus, un assemblage de bouteilles en PET. Le cygne avait été revêtu de plumes en sacs plastique, et les poils doux du chat étaient renforcés par des fils de vêtements décousus. Les parents se montraient réticents, inquiets même – « Est-ce que ça tient ? » –, mais les enfants ne voyaient que le miroir de leur propre imagination. Et c'est par la force d'attraction de la fantaisie que les premiers enfants montèrent sur le manège pour s'en approprier une monture. Dès que la plateforme tournait, les mondes imaginaires des enfants explosaient. Ceux qui expérimentaient cela une première fois, voulaient, à l'étonnement de leurs parents, revenir à tout prix pour revivre l'effet extraordinaire de cette machine à rêves. Rien qu'en une semaine, Kasimir Phantasio avait transporté plus de deux cents enfants dans leur monde imaginaire. Et rien ne semblait pouvoir stopper ce succès.

12

Mais la période des vacances s'arrêta fin août, et la machine à rêves de Kasimir Phantasio attendait alors en vain un nouvel afflux de disciples. Kasimir songea à rejoindre la ville la plus proche. Il pouvait bien sûr déplacer sa petite caravane construite sur deux vélos. Mais le carrousel, lui, avait besoin du tracteur du chantier naval pour bouger. Et en plus, bouger pour aller où ? La seule permission de stationnement qu'il avait, c'était ici sur la promenade de la Mer, à Cavalaire. Kasimir commença à s'inquiéter.

Mais pas pour longtemps.
Fin septembre, Kasimir aperçut de nouveaux voisins sur la promenade de la Mer. Non loin de lui, une petite scène de théâtre s'était installée. Kasimir se glissa dans le maigre public pour assister au spectacle. Derrière une installation avec plusieurs rideaux, des marionnettes étaient animées par des fils presque invisibles. Un prince devait défendre sa princesse adorée, admirée et dorlotée, contre le méchant dragon. Une fée volait à sa rescousse, et la rentrée au château était magistralement mise en scène avec de la musique et des lumières.

Tout à coup, une touffe de cheveux apparut dans le décor, suivit du visage, puis du corps entier d'un vieux monsieur qui se trouvait à présent debout devant le public.
« Venez, venez !, lança le marionnettiste, venez essayer de jouer vous-même ! »

Son index survola le public à la recherche d'un volontaire et s'arrêta sur la poitrine de Kasimir.

« Qui ? Moi ?, Kasimir regarda à gauche, à droite et derrière lui.

– Oui toi ! Viens, rejoins-moi ici derrière la scène.

– Vas-y ! Vas-y ! », s'exclamèrent les enfants présents, et les voisins à gauche et à droite le poussèrent vers l'avant, jusqu'à ce que Kasimir se trouve sur scène en train de manipuler des fils accrochés à des bâtonnets pour reproduire les mouvements du dragon.

À la surprise générale, et à sa grande surprise, Kasimir parvint à merveille à donner vie à ce dragon en bois et en tissu. Les applaudissements le faisaient carrément rougir !

Suite à ce succès, le marionnettiste invita Kasimir à boire un verre d'abricotine.

« Pour trinquer, de marionnettiste à marionnettiste en quelque sorte ! »

Kasimir, surpris de cette remarque, accepta et s'assit sur la chaise pliable derrière le théâtre. Le marionnettiste était entièrement équipé en matériel de camping, et sous la scène, Kasimir le découvrait maintenant, il y avait même un petit espace abrité avec un sac de couchage.

« Je vous ai choisi vous, parce que vous êtes mon confrère, lui confia le marionnettiste.

– Ah, bon ?

– Oui, votre manège est fait de marionnettes, tout comme mon petit théâtre. Et vous animez un spectacle de rêveries, tout comme mon spectacle avec des fils et des baguettes !

– Maintenant que vous le dites, répondit Kasimir, c'est tout à fait ça !

– Santé !

– Santé !

– J'adore les montures de votre manège, continua le marionnettiste. Elles ont de la gueule, elles ont une aura, elles ont une âme !

– C'est parce qu'elles sont entièrement fabriquées avec des âmes perdues.

– Des âmes perdues ? Qu'est-ce que c'est ? »

Alors Kasimir lui raconta l'histoire de la bouteille en PET qu'il avait sauvée de son destin dans le Rhône, puis tout ce qui en découla et qui l'avait finalement amené ici, à Cavalaire-sur-mer, s'occuper du Carrousel de Phantasio.

« Et maintenant je suis bloqué ici, conclut-il, impossible de déplacer ce manège !

– Moi c'est tout le contraire, répondit le marionnettiste. Ça fait bien des années que je tourne avec mon spectacle pliable. J'ai fait le tour du monde, et je suis fatigué, croyez-moi ! Je souhaite m'asseoir et me reposer. »

Il le regarda droit dans les yeux, et Kasimir y aperçut un éclat de lumière.

« Je vous fais une proposition, lança-t-il, échangeons nos deux machines à rêves ! Je continue à faire tourner vos montures fantastiques, et vous, vous continuez à faire voyager mes marionnettes dans le monde entier. Je suis sûr que vous aurez des idées pour rénover mon petit théâtre pliable. Des âmes perdues, il y en a dans le monde entier !

– D'accord, répondit Kasimir du tac au tac.

– Oh, ça c'est ce que j'appelle une décision, lança le marionnettiste un peu surpris.

– Vous savez, le secret du bonheur, c'est qu'il faut dire « oui » dans la vie ! C'est mon facteur qui me l'a dit. Je vous laisse mon carrousel et je m'occupe de votre théâtre, mais je garde ma caravane. J'ai déjà perdu trois fois ma maison : une fois à cause de mon divorce, une fois à cause d'un propriétaire esclavagiste avec ses locataires, et une fois pour acquérir le manège. Mais en fait, je le sais aujourd'hui, une maison, ça ne se marchande pas !

– C'est d'accord, dit le marionnettiste et il rigola, j'ai mon matériel de camping ! »

Et le marionnettiste remplit une deuxième fois les verres de délicieuse abricotine.

Ils trinquèrent.

« Cul sec !

– Cul sec ! »

Le marché fut conclu.

13

Le théâtre de marionnettes que Kasimir possédait à présent était pliable jusqu'à la dernière pièce. Tout, absolument tout, rentrait dans une grande malle. Kasimir monta cette caisse en bois sur deux roues de vélo et l'accrocha comme une remorque à sa caravane.

Une fois assis sur le siège et les pieds sur les deux pédales raccordées à la double transmission de son véhicule, il se sentit de nouveau libre comme l'air. En quelques coups de pédale, il quitta le bord de mer, puis il traversa des champs, des vignobles et des forêts, pour arriver au phare du cap Camarat, endroit idéal, lui semblait-il, pour se livrer à une rénovation complète du théâtre de marionnettes. Les âmes perdues des alentours de cette presqu'île lui suffirent pour rafraîchir les décors et créer de nouveaux personnages pour son nouveau projet : le Théâtre Phantasio !

Le premier spectacle fut pourtant un flop total. Il avait conduit son théâtre à Antibes, la ville de Picasso, pour y jouer la scène d'un des tableaux les plus célèbres du peintre : Guernica.

C'était une interprétation très personnelle de Kasimir Phantasio avec de gros monstres et de pauvres personnages qui se livraient une guerre dévastatrice et sans merci.

« Beurk ! Bouhhh », criait le public.

« C'est quoi ces trucs dégueulasses ? Ils seraient mieux à la déchetterie ! », s'exclama quelqu'un.

D'autres jetaient des bouteilles en PET sur scène et dans les rideaux.

Kasimir, accablé, se vit contraint d'interrompre le spectacle et de plier le théâtre. Il y avait mis toute son énergie et tout son cœur ! Pourtant, personne ne semblait reconnaître ni son effort, ni son engagement, et encore moins son message.

Après quelques insultes et quelques cris furieux, le public quitta les lieux. Tous les spectateurs partirent, énervés, stupéfaits, sauf une jeune femme qui venait de se détacher du dernier groupe et vint se protéger derrière la scène.

« Cher Monsieur, dit-elle en s'adressant à Kasimir, j'adore votre petit théâtre. Mais permettez-moi de vous dire que vous vous y êtes très mal pris ! Le sujet de votre spectacle est affreux, les marionnettes sont moches, et votre histoire n'a ni queue ni tête. Ce que vous avez fait, c'est décrire une destruction. Tout le monde se tape dessus, mais il ne se passe rien, aucune évolution, ce n'est qu'une nature morte. Une histoire est par nature vivante ! Il y a des événements, des changements, des surprises !

– Mais c'est le tableau le plus fameux de Picasso, répliqua Kasimir, il avait donné un message fort avec cette peinture !

– Oui, mais premièrement, vous n'êtes pas Picasso, deuxièmement, vous faites un spectacle de marionnettes et non pas une peinture, et troisièmement, vous feriez mieux de raconter quelque chose de personnel au lieu de vous appuyer sur les succès des star people. »

Kasimir fut surpris, et un peu secoué.

« Vous avez sûrement raison, dit-il d'un ton accablé, mais qu'est-ce que j'aurais à raconter moi ?

– Laissez-moi vous aider », répondit la jeune femme.

Alors Kasimir engagea la jeune styliste d'origine chinoise qui était venue en France pour travailler pour des couturiers mondialement célèbres, mais qui avait envie de changer de vie.

Elle s'appelait Lin, ce qui signifie « jade magnifique ».

Voici comment s'écrit son nom en chinois :

14

En quelques jours, Lin avait appris les techniques de construction en âmes perdues. Et très vite, elle apporta ses propres compétences de styliste. Formée en Chine, elle maîtrisait toutes les techniques de la couture et toutes ses dimensions.

« Monsieur Phantasio, dit-elle, vos marionnettes ne sont pas moches. Ce sont les matériaux que vous utilisez qui ne sont pas beaux. Par contre, les ombres que leurs formes peuvent produire seront très très belles. Vous avez déjà vu un théâtre d'ombres chinois ? Laissez-moi faire ! »

Alors elle lui dessina les plans pour la construction d'un théâtre d'ombres. Puis, tous deux se mirent au travail. Kasimir se chargea de la scène et Lin, des marionnettes. Pour le spectacle, ils s'étaient mis d'accord sur une série de personnages :

Il y avait la princesse Shalima,
son père le roi Adonisiosos,
sa mère la reine Irida,
le vagabond et voleur Charoumenos,
le dragon Furioso,
le dieu des mers appelé Apollonogos
et le dieu du plastique Palstiforeveros.

Lin créa les corps et les costumes des marionnettes et des décors de toutes les couleurs pour la scène. En interrogeant Kasimir sur son passé et son expérience avec le plastique, Lin développa une série de petites scénettes racontant la vie d'un royaume terrestre en conflit avec le dieu Plastiforeveros, dont le projet était de remplacer tous les objets de la terre par des copies en plastique. L'invasion du plastique dans le royaume devenait insupportable. Alors le petit Charoumenos, blagueur, farceur, voleur et héritier de rien d'autre que d'un pantalon, d'une chemise et de souliers, fit son apparition. Par contre, Charoumenos, qui possédait un esprit vif et malin, était champion de lutte rhétorique et avait fabriqué une épée magique.

Ensemble, Lin et Kasimri décidèrent d'appeler leur création le petit théâtre d'ombres Lin & Liang.

Et c'est comment ça que Kasimir adopta le prénom Liang, qui signifie « lumineux, brillant ».

Kasimir Phantasio Liang : cafetier, mécanicien de machines à rêves, marionnettiste !

Voici comment s'écrit le nom Liang en chinois, et comment il était projeté sur la toile du théâtre d'ombres :

亮

15

Kasimir tirait les cordes et manipulait les bâtons des marionnettes. Lin changeait les lumières, les décors, et ensemble ils faisaient les bruitages et les musiques. Le théâtre d'ombres n'avait pas besoin de mots. L'histoire était racontée entièrement par des gestes, des bruits et des effets de lumières : les ombres disaient tout.

Cette fois-ci, quelques personnes applaudirent à la fin du spectacle, doucement encore, mais quand Kasimir et Lin se levèrent pour saluer le public, une douzaine de personnes, toutes le visage rayonnant, arrivèrent sur la place.

« Encore ! », cria un enfant du fond du cœur, et tout le monde répondit : « Oui, encore ! ».

Mais comme Kasimir et Lin n'avaient pas pensé à un supplément de spectacle, ils rejouèrent simplement les trois dernières scènes, avec encore plus d'enthousiasme et d'engagement. Et cette fois, les applaudissements furent si fort que ça attira d'autres spectateurs. La place commença à se remplir, et des voix s'élevèrent pour demander une deuxième représentation du spectacle.

Après ce premier succès, Lin et Kasimir décidèrent d'aller à Cannes, la ville mondiale du spectacle. Leurs attentes ne furent pas déçues : la première représentation réussit à attirer quelques curieux, qui finalement s'avancèrent pour savoir ce que ce tas de vieilles cochonneries faisaient dans leur ville propre et si moderne.

Mais quand la musique démarra et que les ombres d'Adonisiosos, de Shalima, de toute une jungle de fleurs et de feuilles, du dragon Furioso et de tous les autres personnages firent leur apparition sur le grand tissu blanc, tout le monde resta bouche bée et commença à suivre l'histoire qui s'y déroulait.

À la tombée de la nuit, la lune croissante et les étoiles jouèrent en leur faveur, et les applaudissements furent d'une telle force que cela attira d'autres spectateurs qui demandèrent à leur tour une reprise du spectacle.

Cannes exigea trois représentations ; Nice, quatre le premier jour, et cinq le deuxième, sur la place Garibaldi.

Kasimir-Liang et Lin hésitèrent à rester un jour de plus, mais Kasimir avait une proposition à faire à Lin :

« Nous avons construit ce spectacle ensemble, lui dit-il, nous le jouons ensemble, et chacun de nous a quitté son pays d'origine. Ne voudrais-tu pas faire une plus grande tournée avec moi ?

– Oui ! Avec grand plaisir », répondit Lin sans hésitation.

Au lieu de jouer un troisième jour à Nice, ils construisirent donc ensemble une deuxième caravane, un simple studio-mobile, fait bien sûr entièrement d'âmes perdues.

Et ensemble ils partirent pour l'Espagne.

16

Le succès de leur spectacle était complet ! Partout où ils arrivaient, ils étaient acclamés, applaudis, appelés à rejouer. À Marseille d'abord, puis à Sète et à Montpellier, ensuite sur toute la côte espagnole de la Méditerranée. Ils passèrent à Gibraltar en octobre, pour remonter par le Portugal et le long des côtes atlantiques de l'Europe jusqu'au Nord. Ils firent une bifurcation hivernale dans les pays nordiques, savourèrent une grande pause dans un sauna au milieu de la forêt finlandaise et prirent un bain dans un trou percé dans la glace d'un lac gelé.

Les premiers signes du printemps se manifestaient quand ils redescendirent par la Pologne et les pays slaves. Ils se produisirent en Italie durant l'été, et se mirent en route en direction des Balkans vers la fin août. Ils arrivèrent à Athènes mi-septembre. Là, ils ne durent pas chercher longtemps un emplacement pour déplier leur théâtre : la place Monastiraki les accueillit à bras ouverts.

Cela faisait maintenant plus d'une année que Lin et Kasimir voyageaient ensemble, jouaient leur spectacle et l'amélioraient au fur et à mesure. Lin était une jeune femme discrète et facile à vivre. Les quelques différences qu'il y eut entre eux concernaient le spectacle, les marionnettes, les décors ou encore la musique et le bruitage. Mais toujours ils trouvèrent un remède et un accord, et la vie du spectacle pouvait continuer.

Jusqu'au jour de la septième représentation sur la place Monastiraki, à Athènes. Deux évènements arrivèrent simultanément qui chamboulèrent leur paisible vie : premièrement, Heinrich Schmitt, un producteur allemand d'opéra et de théâtre actuellement en voyage d'affaires à Athènes, leur fut présenté. Deuxièmement, ce producteur leur fut présenté par Osiris, un jeune comédien grec aux cheveux noir profond, et aux yeux vert clair brillants, pour ne pas dire éclatants de feu, qui se tint en face de Lin.

Si les coups de foudre amoureux étaient visibles, Kasimir – et le producteur Heinrich Schmitt en même temps – auraient été aveuglés sur-le-champ.

« Je vous propose ceci, commença Heinrich Schmitt, malgré la tempête électrique entre Lin et Osiris. Je vous prends dans mon catalogue de production, et vous aurez un calendrier rempli, et ceci dans le monde entier.

– Oh, non, pas question, s'écria Kasimir.

– Oui, bien sûr que oui, répliqua Lin.

– Non, pas question que nous nous laissions vendre par un producteur quelconque venu de nulle part !

– Mais c'est la chance de notre vie, s'exclama Lin.

– Ce spectacle est notre œuvre ! Toute notre vie et notre sang coulent dans ce théâtre, dans ces marionnettes, dans l'histoire que nous jouons tous les jours, dans cette grande famille d'âmes perdues ! Tu veux vendre notre âme ? »

Mais Lin n'écoutait plus Kasimir depuis longtemps déjà. Ses oreilles et ses yeux avaient été créés par la nature dans l'unique et seul but de voir et d'écouter Osiris, présent ici-même, assis tranquillement à leurs côtés, silencieux et souriant, sûr de sa victoire – ce qui jetait encore plus d'huile sur le feu de la consternation de Kasimir.

Mais heureusement, Osiris n'était pas un guerrier, ni de nature combative.

« Cher Monsieur Phantasio, dit-il avec un regard doux

et pacifique, ne vous énervez pas, ça n'en vaut pas la peine. Acceptez mon invitation, et faites-moi l'honneur de vous accueillir dans ma maison. J'aurais une proposition à vous faire. »

17

C'était la première fois depuis plus de deux ans que Kasimir quittait et laissait sa caravane seule dans un petit hangar pour quelques jours. Rien n'aurait pu lui faire deviner qu'il ne la reverrait plus jamais.

Tous les trois prirent le ferry au port de Pirée pour rejoindre une petite l'île au sud-est. Le voyage dura toute la nuit et les amena à travers la mer Égée aux îles des Cyclades. Kasimir contemplait les étoiles depuis le pont du ferry et voyait les rochers des mille et une îles défiler à côté du bateau, pendant que Lin et Osiris dormaient dans leur cabine.

Le soleil était à peine levé quand leur énorme ferry entra dans le port de l'île où Osiris avait grandi. Leur ami les guida à travers le village portuaire et les amena vers les hauteurs, dans un bourg composé de quelques vieilles maisons.

La maison familiale d'Osiris était bâtie de pierres et de terre, mais avait été rénovée quelques années auparavant. Osiris leur octroya une chambre à chacun, une pièce simple avec rien d'autre qu'un lit et une fenêtre avec vue sur le port. Ils mangèrent des olives et burent un verre de retsina. Osiris sortit une moussaka du congélateur et la réchauffa au four.

« C'est ma mère qui l'a cuisinée », avoua-t-il, avant d'expliquer que sa mère était décédée il y avait à peine deux mois.

« Depuis, la maison est vide. Moi, je suis à Athènes, et mon père nous a quittés après la rénovation de la maison, il y a quelques années déjà », raconta-t-il.

Dans la cuisine, il y avait deux grandes armoires.

L'une contenait toute la vaisselle nécessaire à un ménage. L'autre, expliqua Osiris en l'ouvrant, renfermait les œuvres complètes de sa production enfantine : des petites voitures, des locomotives, des éléphants et des tigres, des chèvres et des chiens, des petits ménages et des scénettes de chasse ou de la circulation urbaine. Les réalisations de l'imaginaire n'en finissaient pas. Mais la pièce maîtresse, la raison même de leur visite dans cette maison, était cachée par toute une armée de statuettes. Osiris les sortit l'une après l'autre et tira finalement une grande scène du fond de l'armoire. C'était un petit théâtre, avec toute une troupe de marionnettes en miniature.

« Voilà pourquoi j'ai tout de suite été attiré par votre spectacle, dit Osiris, c'était un déjà-vu clair et net quand je me suis retrouvé devant votre scène. »

Et quand Lin et Kasimir regardèrent le théâtre miniature, les marionnettes et les autres objets fantastiques de plus près, ils constatèrent que tous, absolument tous avaient été fabriqués avec de petits débris de plastique, de métal et de vieux tissus.

« Tout ça, je l'ai fabriqué avec des petites briques d'âmes perdues, comme vous dites. Suivez-moi ! »

Ils descendirent à la plage, située après le port. Osiris planta sa main dans le sable, en prit une poignée et ouvrit la main.

« Regardez ! Comptez, dans cette poignée de sable pris au hasard, le nombre de petits débris de plastique, de métal ou les mégots de cigarette. »

Kasimir était stupéfait de trouver trois bouts de plastique qui, si leur couleur vive n'avait pas indiqué leur appartenance matérielle, ne se distinguaient point des pierres ou des bouts de bois que l'eau avait lissés.

« Pour des animaux, ceci ressemble à de la nourriture,

mais une fois que leur estomac est rempli de plastique, vous imaginez ce qui se passe...», commenta Osiris d'un air grave.

Kasimir prit à son tour une poignée de sable et fit le même constat.

« Toute mon enfance, je me suis amusé à ramasser ces débris colorés, comme s'il s'agissait de diamants. Et à la maison, j'en faisais des jouets. La construction du petit théâtre m'a amené à rêver de devenir comédien. Et puis voilà, j'ai réalisé mon rêve.

– Et maintenant que ton rêve est réalisé, quel autre but t'es-tu fixé ?

– J'ai une proposition à vous faire... C'est là-bas ! », dit Osiris, et il montra le port du doigt.

18

Plusieurs bateaux étaient stationnés le long du quai, un grand voilier itinérant, des petits bateaux à moteurs, un gros navire de pêche, sur lequel traînait un large filet jaune, posé en tas, et à côté, plusieurs bateaux de pêche. C'était le jour où, tout au bout du quai, était également stationné le grand cargo vert, venu amener l'eau potable sur l'île.

Osiris les amena vers un navire de pêche de taille moyenne. Il portait le nom d'Oceania.

Voilà comment son nom était écrit en grec sur le bord de la coque :

Ωκεανία

Osiris tira l'Oceania jusqu'au quai par l'une des cordes, sauta à bord, et demanda à Lin et à Kasimir de faire de même.

En quelques habiles manœuvres, il avait détaché l'Oceania et démarré le moteur. À son bruit, il semblait bien entretenu, contrairement à l'état général du bateau qui avait l'air plutôt défraîchi. La peinture s'écaillait partout, la rouille était en train grignoter la ferraille, et des crustacés et des algues s'étaient installés par endroits.

Osiris, à la barre de l'Oceania, sortit du port et longea la côte de l'île. Le soleil avait passé le zénith mais brûlait toujours. Lin s'était munie d'un chapeau, et Kasimir d'une casquette.

Des lunettes de soleil sur le nez, Kasimir vint se poster à côté du capitaine qui tenait la barre. Hors du port, le vent soufflait plus fort, et la mer était agitée. L'Oceania était bercé comme un enfant dans les bras de sa mère.

À peine quinze minutes plus tard, le capitaine coupa le moteur, prit un virage serré et sortit une épuisette. À la première tentative, Osiris sortit une bouteille en plastique de l'eau.

« Voilà, monsieur Phantasio, mon but ! »

Kasimir ne comprit pas.

« Mon père était pêcheur, mon grand-père était pêcheur, mon arrière-grand-père l'était aussi, et beaucoup d'autres. Ma mère m'a poussé à reprendre le flambeau, mais le destin en a voulu autrement. Je suis devenu comédien, dévoué à un art qui, aux yeux de ma mère, était volatile, incertain et sans espoir. Elle nous a quittés aigrie et déçue, mais je n'y peux rien, ça ne regarde qu'elle. Moi j'ai choisi mon propre destin depuis mes petites constructions en débris d'âmes perdues de la plage. Et je compte m'y tenir comme un capitaine tient sa barre.

– Et alors, quelle est ta proposition ?

– Vous aussi, vous avez une mission ! C'est pourquoi je vous propose de vous laisser ce petit chalutier qui a appartenu à mon père pour continuer la tradition de mes ancêtres. Non pas en pêchant des poissons, mais des âmes perdues comme celle-ci. »

Il lui tendit encore une fois la bouteille en plastique sortie de l'eau : « Il y en a une quantité presque infinie encore à sauver !

– Et tu me proposes cette tâche gigantesque contre quoi ?

– Je vous propose cette nouvelle tâche contre le rôle de marionnettiste dans le théâtre Lin & Liang. Laissez partir Lin avec moi et Heinrich Schmitt à travers le monde. Ce spectacle mérite d'être montré dans le monde entier.

– Comment oses-tu ! », laissa échapper Kasimir.

Mais Osiris ne le laissa pas finir : « Je vous prête également ma maison. Vous pouvez y séjourner le reste de votre vie si vous voulez, par contre je reste propriétaire des murs. Une maison, ça ne se marchande pas... Mais le bateau est à vous, et il vous emmènera où vous voudrez, dans le monde entier !

– Exclu que j'abandonne mon théâtre », voulut dire Kasimir. Mais soudain, il se rappela les mots du facteur, alors il réfléchit pendant deux longues minutes.

« Je te donne non seulement le rôle de marionnettiste dans le théâtre Lin & Liang, dit-il finalement, mais également le nom de Liang. Et je t'emprunte ton nom d'Osiris, capitaine de l'Oceania ! »

Il lui tendit la main : « Et je te prête ma caravane !»

Osiris lui serra la main d'une poigne forte et lui donna la barre.

Après avoir sorti encore trois débris et un grand sac en plastique de l'eau, ils regagnèrent le port.

19

Le théâtre d'ombres de Lin & Liang mit le cap sur l'Allemagne. Il se produisit à Berlin, la ville natale d'Heinrich Schmitt, puis à Francfort et à Munich, fit un passage furtif à Zurich et à Vienne, partit ensuite pour le reste de l'Europe, avant de traverser l'Amérique du Sud. En six mois, ils jouèrent en Colombie, en Équateur, en Bolivie, au Pérou, au Chili et en Argentine. Partout ou Lin et Osiris, alias Liang, arrivaient, ils envoyaient une photo et quelques mots à Kasimir pour qu'il puisse suivre leur périple.

Après la Patagonie, ils enchaînèrent avec l'Afrique du sud et montèrent vers le nord, ce qui leur prit plus de deux années et nécessita une pause.

Avec un nouveau souffle, et prêts au choc culturel, ils attaquèrent l'Amérique du Nord et le Canada. D'Alaska, ils partirent vers la Sibérie, puis traversèrent l'Asie, en visitant également le Japon et les Philippines, sans oublier l'Australie, la Nouvelle-Zélande et les îles de l'Océanie.

Partout où ils arrivaient, ils s'occupaient d'abord des âmes perdues dans les alentours : plastique, métal, tissu, tout objet fabriqué par les humains qui traînait dans la nature leur servait pour entretenir, améliorer et faire évoluer leur théâtre d'ombres.

Et régulièrement, en rentrant du spectacle, il arriva à l'un ou à l'autre spectateur, enfant ou adulte, de voir une bouteille en plastique traîner au bord du chemin. Bien sûr que ça leur rappelait le théâtre Lin & Liang et tous ses personnages, les décors et les objets fabriqués avec du plastique de récupération. Et puis, il arriva qu'un enfant ramassa une bouteille et la rapporta à la maison. Un autre enfant trouva une autre bouteille sous un buisson, puis une dans un bus, et une autre encore dans un parc de jeux. Le lendemain, en rentrant de l'école, c'était fou de voir combien de bouteilles et de bouts de plastique traînaient au bord des chemins, dans les parcs, sur les places de jeux, dans la cour des maisons, et même à l'intérieur. Tout fut ramassé. Une fois toutes ces bouteilles et bouts de plastique rapportés à la maison, les idées fusèrent pour les transformer en figurines ou en objets, comme dans le théâtre Lin & Liang. Très vite, des artistes se révélèrent parmi ces enfants, et des constructions des plus ingénieuses et des plus farfelues virent le jour sous les mains habiles et soucieuses des détails : des véhicules fantaisistes, des aéroplanes, des plantes imaginaires, des monstres, des anges et des fées, des navettes spatiales, des scènes de la vie quotidienne – et même des théâtres comme celui de Lin & Liang furent fabriqués dans le monde entier. Des photos de ces nouvelles constructions en âmes perdues se retrouvèrent sur internet. Des forums et des groupes d'échange furent créés. Sous le nom du « Mouvement Lin & Liang », des concours furent lancés, et des rencontres organisées.

Ainsi eut lieu le premier congrès international du « Mouvement Lin & Liang », dont faisait partie les constructeurs les plus audacieux et les plus inventifs de toute la planète. Il s'accompagnait d'une grande manifestation sur les déchets humains dans la nature. Des enfants et adultes du monde entier défilèrent avec des panneaux en criant des slogans, que l'on pouvait résumer en un seul, écrit à la main par un enfant avec un feutre sur un bout de carton :

« Pas de nature, pas de futur ! »

20

Pendant ce temps, Kasimir avait pris l'Oceania en main. Installé dans la maison familiale d'Osiris, il passa d'abord à une restauration complète du bateau. Bien sûr qu'il appliqua son procédé habituel à l'aide d'âmes perdues qu'il trouva un peu partout sur l'île. Il y en avait beaucoup moins que sur le continent, mais il y arrivait quand même. Le moteur à essence, bien qu'il fonctionnât à merveille, fut gardé uniquement comme roue de secours. Pour la navigation, Kasimir construisit une voile à l'avant du bateau, une sorte de spinnaker, et un mât avec une grand-voile au milieu, devant la cabine. Ainsi équipé, son bateau de pêcheur ressemblait à une chimère sur l'eau. Les pêcheurs lui riaient au nez, et les navigateurs de voilier se moquaient de lui, mais Kasimir ne se laissait pas impressionner.

Il équipa la cabine d'un distillateur solaire pour transformer l'eau de mer en eau potable, fit une réserve de riz et de fruits secs, et installa un matelas dans le bas-ventre du bateau. Sur le pont, il entreposa plusieurs épuisettes et un grand filet, dont il resserra les mailles pour collecter et transporter les fruits de sa pêche.

Durant ces travaux, ses trois enfants vinrent lui rendre visite sur l'île. Depuis que Kasimir les avait quittés, ils n'avaient reçu de sa part que des cartes postales des nombreuses villes situées sur son long périple. Maintenant, il était enfin de nouveau fixé à un endroit, il avait une maison pour les accueillir et il les avait invités à lui rendre visite. Quand le grand ferry s'amarra dans le petit port, et que Kasimir vit ses trois enfants sortir du ventre de ce monstre, il courra vers eux, serra chacun d'eux dans ses bras et éclata en sanglots.

« Papa, où est ta caravane ?, demanda l'aînée.

– Qu'as-tu fait de la buvette Kasimir ?», l'interrogea la plus petite.

Et son fils inspecta le chalutier transformé en voilier de bricoleur. « Pas mal, commenta-t-il. T'es sûr que t'avanceras avec ça ? », l'interrogera-t-il en soulevant la voile molle et flasque, avachie sur le pont.

Kasimir leur fit faire un tour en bateau, comme Osiris l'avait fait avec Lin et lui-même, et il leur raconta comment il était devenu Kasimir Phantasio Osiris, et de quel genre était sa mission avec ce bateau.

« Tu réinventes la profession de pêcheur, s'exclama l'aînée.

– Si tu pêches un requin en plastique, tu me le mets de côté ?, demanda son fils. Je viendrai le chercher où que tu te trouves. Même à la nage s'il le faut !

– Et n'oublie pas de nous envoyer des cartes postales, ajouta la cadette. »

Ils rirent de bon cœur et trinquèrent avec du retsina.

Le 14 mars, trois ans exactement après avoir quitté son deux-pièces refait par ses soins à Genève, Kasimir Phantasio Osiris, capitaine de l'Oceania, dit adieu à ses trois enfants et les embrassa chacun très fort, monta sur le pont de son bateau et partit en mer à la pêche aux âmes perdues.

Ses trois enfants lui firent signe de la main depuis le port. Encore des cris, encore des larmes.

Dès le premier jour, Kasimir Phantasio Osiris pêcha une douzaine de bouteilles en plastique de toutes tailles, plusieurs sacs qui flottaient dans l'eau comme des méduses mortes et un cageot de légumes du même matériau synthétique, ainsi que quelques restes jetés par l'équipage d'un bateau. Tout fut ramassé dans le grand filet de pêche installé sur le pont de l'Oceania.

Après plusieurs jours de navigation, le capitaine de l'Oceania dut amarrer sur la terre ferme pour vider son filet gonflé à bloc. Ce qu'il fit par la suite à plusieurs reprises durant tout l'été, sur les côtes du Péloponnèse, de l'Italie, de la France et puis de l'Espagne. Il en profita également pour remplir ses réserves de riz et de fruits secs ou s'offrir un fromage et un verre de blanc.

Dans les ports, les yeux des pêcheurs et des touristes se tournaient vers cette étrange apparition. Mais le capitaine de l'Oceania ne s'attardait pas et reprenait la mer le plus vite possible. Chaque question, chaque explication, chaque mot même, lui semblait superflu, un déchet en plus, une pollution d'une autre sorte.

21

Le 7 octobre, Kasimir Phantasio Osiris passa le détroit de Gibraltar en tant que capitaine de l'Oceania et partit vers le grand large.

Même si, visuellement, ça ne changeait rien – maintenant comme avant, jusqu'à l'horizon, il avait de l'eau autour de lui –, mais de savoir qu'il avait quitté le bassin méditerranéen pour pénétrer dans l'immensité de l'océan atlantique l'émut, et il eut une larme à l'œil. Cette larme coula sur sa joue et rejoignit le coin de sa bouche. Il l'attrapa avec la langue. Elle avait un goût salé, le goût de la mer.

Pendant plusieurs semaines, Kasimir navigua dans le vide de l'immensité de l'océan, sans cap précis, sans point de repère, et ramassa chaque jour des âmes perdues. Le temps joua en sa faveur : la mer était calme et le vent constant, pas trop faible et pas trop fort non plus. Sa voile était gonflée à bloc, et dès qu'il voyait un objet flotter dans l'eau, il naviguait autour pour l'attraper avec son épuisette. Sur le pont, le grand filet commençait à se remplir et prenait plus en plus de place. Un beau matin, en se levant, Kasimir se surprit lui-même en entendant s'échapper de sa bouche un « Bonjour ma Boule ! Comment ça va aujourd'hui ? »
« Mais que t'es stupide, se dit-il, de dire bonjour à un tas d'objets muets ! »
En même temps, après des mois de solitude et de silence en mer, il sentait le bien fou que cela faisait de prononcer quelques mots. Alors il continua à parler à sa

boule, tout en la nourrissant chaque jour de nouvelles âmes perdues qu'il repêchait de leur destin sur la Planète bleue.

La première tempête frappa le capitaine Osiris en plein sommeil. Comme chaque soir, il avait baissé la voile et fixé la barre pour laisser libre cours à l'Oceania. Il dormait profondément dans le bas-ventre du bateau, jusqu'à ce qu'il soit renversé avec le matelas et tous les objets qui n'étaient pas attachés. La tempête était d'une telle force que l'Oceania fut chahuté, giflé et frappé par les vagues qui se couraient après comme des gladiateurs furieux, assoiffés de meurtre.

Heureusement, Kasimir se trouvait dans le bas-ventre du bateau pour éviter d'être arraché du pont et de tomber à l'eau. Par contre, il fut roulé, jeté, catapulté, reçut des coups sur les bras, le ventre et les jambes à n'en plus finir, jusqu'à ce qu'il sentit un choc très fort sur la tête et sombra dans le vide.

22

Quand Kasimir se réveilla, le bateau était calme, et quand il ouvrit le clapet de la cabine, le soleil lui réchauffa le visage. La grande boule des âmes perdues était toujours là. Par contre, elle ne se trouvait plus sur le pont, mais flottait fidèlement derrière le bateau. Oui, Kasimir se souvenait maintenant de l'avoir attachée, heureusement, avec une corde solide.

« Bonjour ma Boule ! », lui lança-t-il. Et il lui sembla qu'elle faisait un mouvement, comme si elle hochait la tête.

Sur le bateau, les dégâts étaient considérables. Mais rien ne résista à la réparation par les mains ingénieuses de l'ancien mécanicien de machine à rêves.

À ce moment-là, Kasimir n'avait plus aucune idée du nombre de jours, de semaines ou de mois qu'il avait passés en mer. Ses réserves de riz et de fruits secs avaient diminué de moitié, mais ce n'est pas ça qui le préoccupait le plus. La boule des âmes perdues avait grandi à en devenir encombrante, et il devait la décharger pour recommencer avec le filet de pêche vide.

Un matin, en se remettant à la barre de l'Oceania, il aperçut une côte à l'horizon. Il voulut s'en approcher, mais plus il naviguait dans sa direction, plus elle s'éloignait, jusqu'à disparaître complètement.

Ce n'était donc qu'une Fata Morgana ? Il demanda à la boule, mais elle ne lui répondit pas.

Peu après ce mirage, une deuxième tempête surprit le capitaine Osiris, en pleine navigation cette fois.

L'Oceania avançait à bonne vitesse, le spinnaker était gonflé à bloc, le vent s'y était installé avec bonne volonté depuis des heures, puis, petit à petit, avec une certaine obstination, qui vite se transforma en acharnement, et finalement en véritable volonté de destruction.

En un seul coup violent, la voile du spinnaker fut déchirée, les vagues se levèrent, dépassant de loin la hauteur de l'Oceania, et le soleil fila à l'anglaise.

« Ma Boule, cria le capitaine Osiris, accroche-toi ! ». Mais il avait oublié de s'accrocher lui-même. La seule chose qui le retenait au bateau était sa main gauche, les doigts serrés autour de la barre, car avec la main droite – faute grave –, il essayait de sauver une bouteille en plastique qu'il avait fraîchement pêchée.

C'est à ce moment-là que l'Oceania fut pris par une vague gigantesque qui le propulsa vers le haut et le catapulta dans le ciel avec un léger mouvement vers le bâbord, ce qui l'entraîna à réaliser un salto mortale vers l'avant. Durant ce numéro de cirque, le capitaine Osiris sentit les doigts de sa main gauche glisser du bois de la barre pour finalement perdre le contact avec son bateau – comme un astronaute qui perdrait le contact avec sa navette spatiale et qui dériverait dans le néant de l'univers.

Kasimir vit encore l'Oceania atterrir sur les fesses, dans le creux d'une vague, comme un chanceux. Il traînait la boule derrière lui, mais lui, le capitaine, avait quitté son navire pour de bon et continuait sa trajectoire irrémédiablement.

« Qui es-tu ? » Il entendit une voix grave et grognante. « Je suis Kasimir Phantasio Osiris, capitaine de l'Oceania, répondit-il.

– Que fais-tu à traîner par ici dans mes pâturages ?

– Je suis à la recherche d'âmes perdues. Celles qui se sont égarées ici, je les remets sur le droit chemin.

– Ah, oui ? Et toi-même, tu te remets aussi sur le droit chemin ?

– Où suis-je ?

– À présent, tu te trouves dans ma bouche. Je suis montée pour respirer, et j'ai pris une bonne bouchée pour mon déjeuner. Dieu sait pourquoi tu traînais par ici, dans l'assiette d'une baleine ...

– Oh alors, excuse-moi, dit Kasimir, il s'agit de circonstances très malheureuses. La tempête m'a arraché de mon bateau et catapulté dans ton assiette.

– Nul besoin de chercher un coupable. La tempête a fait ce qu'elle avait à faire. Et toi tu te trouvais au mauvais moment au mauvais endroit, voilà tout.

– Mais il s'agit tout de même d'un malentendu.

– Malentendu ou pas, le fait est que tu te trouves dans ma bouche.

– Ne voudrais-tu pas avoir la gentillesse de me recracher ?

– Je ne sais pas encore. Tu es venu dans ma maison sans frapper et tu as gâché mon déjeuner. Alors je fais ce que je veux de toi.

– Oui d'accord, répondit Kasimir, tu as tout à fait raison. C'est moi qui me suis mis dans cette situation. Excuse-moi d'avoir encombré ton assiette. Mais si je ne me trompe pas, les baleines n'avalent pas d'humain, ni rien de plus grand qu'une pêche, n'est-ce pas ? Il arrive que des affamés croquent des morceaux plus gros que leur faim. Mais crois-moi, ça ne sert à rien. Les morceaux trop gros sont toujours recrachés, même si on s'y accroche. Le secret, si tu veux mon avis, c'est qu'il faut dire « oui » dans la vie. C'est mon facteur qui me l'a dit.

Et aujourd'hui, c'est mon avis, mais ça ne regarde que moi. Alors fais de moi ce que tu veux.

– Ah, tu ne m'aides pas, répondit la baleine. Et de toute façon, nous nous trouvons déjà à 500 mètres en profondeur. Je vais descendre encore un peu pour y réfléchir. Peut-être que je te montrerais mon royaume.

Quand la baleine, après mûres réflexions, recracha enfin Kasimir, il fut expulsé doucement hors de sa bouche et transporté dans un grand jardin de coraux et de falaises. Dans ce jardin, s'ébattaient des poulpes et des poissons, des crabes et des coquillages, des hippocampes et des tortues, ainsi qu'une foule de créatures marines, plus magnifiques les unes que les autres. Comme une algue flottante, Kasimir était transporté à travers ce spectacle de couleurs et de lumières, jusqu'à ce que les sons profonds et aigus des chants des baleines lui volent sa conscience et l'amènent tranquillement vers le silence du néant, le chemin des âmes rendues.

23

Voilà l'histoire de Kasimir Phantasio Osiris, alias Karl Kačnic.

Mais tout ce récit n'est qu'hypothèse, supposition, légende. Les seuls faits dont nous disposons, c'est que Kasimir Phantasio Osiris a passé le détroit de Gibraltar le 7 octobre à la barre de l'Oceania, car des garde-côtes l'ont observé et notifié.

Et tout ce que nous savons du reste, c'est que ses trois enfants ont reçu une carte postale de leur père en provenance de João Pessoa et d'Itapema do Norte, au Brésil, ainsi que de Montevideo, en Uruguay, puis plus rien.

Mais un an et demi plus tard, le 14 avril, une énorme boule de déchets de plus de quatre mètres de haut, traînant derrière elle un bateau de pêcheur fantôme muni d'un mât et d'un spinnaker déchiré, s'était échouée sur les côtes de la Gomera, une des îles des Canaries. Parmi les quelques affaires qui avaient survécu dans la cabine du capitaine, la police maritime trouva un passeport au nom de Karl Kačnic.

L'autopsie de la boule de déchets collectés permit de retracer le trajet de l'Oceania, durant lequel l'infortuné capitaine, à un moment ou à un autre, a dû passer par-dessus bord. La présence, vers le centre de la boule, de la moitié d'une bouée d'un navire portant le nom de Ponte Negra faisait deviner que l'Oceania avait effectivement traversé l'Atlantique, après avoir passé le détroit de Gibraltar, pour ensuite se laisser porter par le courant du Brésil vers l'Amérique du Sud. Le capitaine de l'Oceania avait même longé les côtes des îles Falkland, car dans les rares notes qu'il avait laissées à bord, les enquêteurs purent trouver un dessin d'une petite colonie de pingouins.

La présence d'une longue feuille de Welwitschia mirabilis révélait également que l'Oceania avait dû rejoindre l'Afrique du Sud à la hauteur où pousse cette plante, soit en Namibie ou en Angola. Très probablement, le courant équatorial sud avait poussé le bateau vers le nord, jusqu'au Golf Stream. Ce courant le porta encore plus au nord, pour le faire redescendre ensuite vers les côtes atlantiques, en Europe et en Afrique du nord, là où l'Oceania finit par s'échouer sur une plage de l'île de la Gomera.

On peut avoir de sérieux doutes sur la faisabilité d'un tel trajet par un si petit bateau de pêcheur, transformé, qui plus est, en voilier par un bricoleur. Pourquoi aussi aucun voilier ou bateau de commerce ne l'avait-il jamais croisé au cours de son long voyage ?

Quoi qu'il en soit, l'Oceania, avec ou sans son capitaine, a dû faire un sacré chemin pour que les détritus de la mer puissent s'accrocher et s'accumuler au filet de pêche à tel point que la boule de déchets était devenue gigantesque. Si grande que la situation s'inversa et que la boule elle-même se mit à traîner derrière elle le bateau fantôme comme un boulet encombrant.

On raconte que la boule, en s'échouant sur la plage, directement devant l'église Ermita de Santa Catalina, sur l'île de la Gomera, poussa un grand soupir, comme si elle voulait saluer quelqu'un et dire : « Ouf, me voici enfin arrivée ! »

Mais Kasimir Phantasio Osiris n'était plus là pour lui dire bonjour.

Remerciements :
Je remercie tout particulièrement mes trois enfants
pour leurs précieux conseils, les discussions, les idées et
les relectures.
La sagesse du facteur du chapitre 4 m'a été transmise
par Vincent Berthelot, ce facteur breton, qui délivre
du courrier « important mais pas urgent ».